KB259865

친구 생각

친구 생각

친구 생각

김일연 시집

책만드는집

시인의 말

오늘 비와 바람이 들풀을 쓰러뜨리고
내일 비와 바람이 들풀을 일으킵니다.

쓰러뜨리고 일으키는 비와 바람이
들풀을 자라게 합니다.

당신은 나의 비
당신은 나의 바람
나는 당신의 들풀입니다

2013년 여름

김일연

| 차 례 |

내가 먼저 사랑하지 않으면

아무것도 그 누구도

마음을 열지 않습니다.

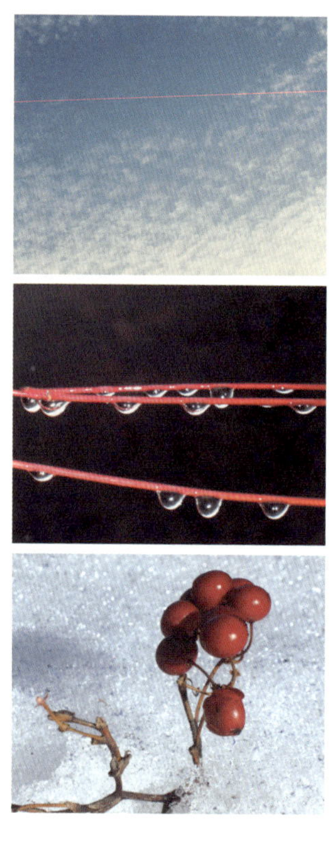

지금 여기 숨 쉬고 있는

나는 너에게 너는 나에게

작은 위로가 되고 싶습니다.

너는 나인 듯이
나는 너인 듯이

미나리아재비와 애기똥풀

너는
나인 듯이
나는 너인 듯이 서서

해 났다 햇빛 쬐자 눈물 담고 웃는다

여기서 돌아가지 말자

산언더에
나란히

새

점 하나 작을수록
허공에서 자유입니다

울음도 노래 되는
햇빛의
통로

점 하나 가벼울수록
절망에서
자유입니다

그리움

참았던 신음처럼 사립문이 닫히고

찬
이마 위에
치자꽃이 지는 밤

저만치, 그리고 귓가에

초침 소리
빗소리

친구 생각

등나무에 기대서서
신발 코로 모래 파다가

텅 빈 운동장으로
힘 빠진 공을 차본다.

내 짝꿍 왕방울 눈 울보가
오늘
전학을 갔다.

먼 사랑

산으로 가신다면 강으로 가렵니다
앞으로 가신다면 뒤돌아 가렵니다
지평선 끝과 끝에서 둥글게 만날 때까지

눈길

눈길 미끄러우면 한 번 미끄러져 주자

엉덩방아 찧으니
닿을 듯 파란 하늘

웃으며
미끄러지자

살아 있어 좋은 날

눈사람

차가운데 포근해요.
안 보는 척 날 봐요.

자꾸
신경 쓰이는
꼭
그 애 같아요.

날 새면
사라지고 없을까 봐

마음이
조마조마

들국화

놀 지핀
강줄기는
하늘로 들어가고

바람 빛
구름의 춤
산허리에 감겨 오는

그맘때
어느 오솔길에
두고 온 발자국 같은

눈머는 깊이

꽃은
눈멀어
몸을 다 연다

그마저 없다 하면
봄가을
우찌 살꼬*

눈머는 그 깊이 아니면
무엇을 하리

짧은 날을

* 김춘수 시 「하늘 수박」에서

엎드려 별을 보다

예쁜 네가 보고 싶어 어깨를 수그린다

허리를 구부린다
무릎을 접는다

봄풀을 하늘 땅바닥에
별꽃 무더기를 피운다

두꺼운 안경을 벗고 마이너스 디옵터의 시력으로

별을 엎드려 보는
나는 행복하다

우주와 맨눈으로 맞춘 초점

가장 낮게
순하게

말 없는 아이

수돗가에 가서
세수나 하고 갈까.

눈물
배어나도록
하늘 푸른 하굣길

친구랑 떡볶이 집도 가고
생일 집도 가고 싶다.

어머니

비바람 눈보라에 제일 먼저 닿는
탑신

제일 밑바닥에 남아 사람 만드는
초석

온몸이
모서리가 된
둥근 이름
어머니

풀잎에게 배우다

비에도
땡볕에도
바람에도
지지 않고

여린
연둣빛들
일어선다
자란다

고난은
용수철인 것
풀잎에게 배우다

폭포

한바탕 쏟아짐이 시원하지 않으냐

밤낮 쏘아대는 철없는 화살 뭉치를

말없이 받아주는 깊이가 또한 좋지 않으냐

네 모양 내 모양이 아무리 다를지라도

맹목의 부딪침에 상처 하나 없으니

진실로 사랑하는 사람아 눈물 나게 좋지 않으냐

야생화

한반도 따라가는
적요의
오솔길에

티끌보다 가벼워
가벼워
빛나는 슬픔

할미꽃
애기똥풀에
숨은 듯이 피었네

절집 차

녹음이 하늘 덮어 그윽한 그늘 아래

넘치게 뜨거운 찻물 자꾸 부어주시네

씻어낼 속진의 디께가 그리 많은가요, 스님?

입추

밤더위에 길고양이 아옹아옹하더니

첫새벽 소나기 긋고 비둘기 구구 난다

싱싱한 매미 울겠다 들 잎사귀 산 잎사귀

이 비 다 그치고 산막 깨끗해지고

짙어진 밤이슬에 코스모스 젖는 날

앞 냇물 가을 잔고기들 환한 속 보이겠다

가을 산

가을 산 올라본 지
몇몇 해 되었습니다

억새꽃 수풀 속에
눈 마주친 들국화

내 안에 설운 첫사랑
못 잊는 날 오래랍니다

가을 산 마주 본 지노
하마 오래되었습니다

날 가고 해가 가면
더욱 붉은 생채기

내 안에 앉은 가을 산
단풍 든 지 오래랍니다

행복

그대 부르기 전에
면도날에 베인다

이스트를 몰래 넣고
인생을 부풀려노

마음은 불완전연소
슬픔에
그을어 있다

무슨 말 그리 하고프냐?

파도야 넌 내게
무슨 말 그리 하고프냐?

바다는 날 싣고
구름처럼
가는데

한없이
깊고도 멀고도 푸른
무슨 말
그리
하고프냐?

내 마음속 오지

AB형

혈액형 점괘여요 난 AB형, 함께 있는
행복과 불행이죠 기쁨과 슬픔예요
절망과 희망이 서로
끊임없는
교신 중

새벽달

만 리 밖에 바람 보내고
서러운 건 보내고

내 뜨락
빈 가지에
금지환을 끼우며

녹슨 문
열어달라고
들어가고 싶다고

수선화

물 좋은 청어 잠든
저녁 바다 닻 내리고

구원을 기다리는
마법의 성채 아래

밀려와 세레나데 부른다

부딪는 은빛 종소리

새집

나뭇가지
철사 조각
촘촘히 엮고 쌓아

베란다에 지었다.
알을
낳으려나 보다.

쪼끄만
유리 조각 창문으로
아기 새
내다보겠다.

사람이 좋다

봄 여름 가을 가고 살다 보면 어느덧

꽃보다 상처이고 사랑보다 사람이라

사랑은 가고 없어도 사람은 남습니다

가을 겨울 봄 오고 살다 보면 또 어느덧

상처 여물어 씨앗 눈비 녹이는 햇살

사람은 가고 없어도 사랑은 남습니다

삶의 레시피

조리의 순서 따라 양념의 분량 따라

있던 맛도 없어지고 없던 맛도 생기니

한목숨 경영하는 일 정성이라 새긴다

모자라면 모래밥 넘치면 죽밥 되는

베풀고 감춰야 할 마음도 그와 같아

한평생 자식 사랑도 절제라고 이른다

사랑을 믿는다

열매도 없이
꽃이 시들었네

꽃 진 그 자리에
애절했던 눈물만

눈물만 남아 있기에
그 사랑을 믿는다

경건한 슬픔

끊임없이 값어치를 무게로 재고 있는
도살당한 고기들과 일용하는 양식들
먹기를 삼백예순닷새 거른 날 하루 없네

생각하면 뜨거움만으로 사는 것은 아닌 것
온몸으로 부는 바람 온몸으로 지는 꽃잎
잎 다 진 목숨들 안고 인내하는 겨울 산

헐벗은 무얼 다해 가고 있나, 너의 허울
끊임없이 값어치를 맑기로 재고 있는
이 새벽 생수 한 잔이 뼛속에 차다

제11회 한국시조작품상 수상 작품

이름값

꽃이 피니 그 나무 때죽나무라 불리고

쇠똥을 열심히 굴려 쇠똥구리라 불리고

어둠에 불을 밝히니 반딧불이라 불린다

물꽃

그저
물인 것을
바위인 당신 만나

일발
주저 없이
산산이도 부서져

당신을 감싸 안으며
나를
꽃 피웁니다

토끼풀 여린 한 잎

시멘트 모래 물 뒤엉겨 돌아갈 때

아뿔싸!
휩쓸렸네
문명의 레미콘에

찢기고
으깨어지면
돌이 될 수 있을까

가을이 진다

허공을
베어내며
햇살이 미끄러진다

툭,
지는
세상 저편
그 잎이 이고 있던

눈 시린 하늘 한 장이

손바닥에
앉는다

옷가게에서

점원인가 하고 마네킹을 바라본다

마네킹인가 하고 점원을 바라본다

누군가 날 바라본다 사람인가 하고

점원인가 하고 마네킹에게 말을 건다

마네킹인가 하고 점원을 지나친다

인생이 날 지나친다 마네킹인가 하고

서울 엽신

밥으로 살지 않고
기계로 살지 않고

사람으로 사는 일
아직
늦지 않았으리

무성한 여름 숲에 가
길을
다
잃고 싶다

꽃 벼랑

이 좁은
단칸방에

어떻게 널 들일까

진달래 울음 속은
와 저리
불이 타노?

움쳐야 날아도 보제

벼랑
앞에
와 섰노?

낙화

상성에서 하성으로
뚝, 지는
서도 소리

너 없이 못 살레라
차마 말을 못 하고

한 조각 붉은 마음을
모질게도
베었네

이별

차돌 중에 돌이라도 굳은 맹세 깨어지면

움켜 가는 석핵과
떨어지는 박편

그대여 가지고 가셔요

나는 이제

없습니다

성인^{聖人}

못생기고
재미없고
배경 없고
능력 없는

나 만나 다 늙었다고 아내 등 쓸어줍니다

나 만나 고생했다고 남편 손 잡아줍니다

고독

세상 구석구석을 구경하고 온 이가

가지 못한 곳만이 진정 아름답다 하길래

내게도 있다 하였지

내 마음속
오지

더 좋은 때 있으랴
우리 사랑하기에

별

연필을 깎아주시던 아버지가 계셨다

밤늦도록 군복을 다리던 어머니가 계시고

마당엔 흑연 빛 어둠을 벼리는 별이 내렸다

총알 스치는 소리가 꼭 저렇다 하셨다

물뱀이 연못에 들어 소스라치는 고요

단정한 필통 속처럼 누운 가족이 있었다

아침 기도

이른 아침 눈을 뜨면 나도 몰래 눈물이 나
철없던 스물부터 철 지난 지금까지
간절한 그 무슨 바람이 있는 것도 아니련만

스물의 사랑 앞에
삶 앞에
죽음 앞에

그보다 두려운 것은 사람의 쓸쓸함 앞에

나 항상 새로 눈 뜨며 가만히 눈물이 나

목련달빛

뒤울안 헛간 위로 물고기가 날던 집

불타는 개 한 마리 뛰어 들어온 그 밤

담장에 목을 내놓고 피 흘리던 목련달빛

깊푸른 우물 속에 칠면조가 잠든 집

살쾡이 눈초리가 훑고 간 마루 밑에

아기를 뱃속에 품고 숨죽이던 별빛풀꽃

붉은 서쪽

밥은 먹고 다니냐 물어줄 아버지

묻히신
산에
이제야 돌아왔네

누가 날
용서해주랴

붉은
서쪽을 보네

봄물을 기다리며

내 아버지의 유골을 내놓으라 울부짖던

야스쿠니 신사 앞에서 한국 여자가 뺨을 맞는다

밥 먹던 밥숟기락이
철렁,
떨어진다

이 강산에 흩뿌린 내 아버지 유골 위에

지혈되지 않는 상처를 얼음에 문질러 선

꼿꼿한
푸른 소나무
눈 속에 보러 가야겠다

눈 오는 저녁의 시

어둠에 손을 씻던 맑은 날들을 길어

내 언제 저렇도록
맹목을 위하여만

저무는 너의 유리창에 부서질 수 있을까

무섭지도 않으냐 어리고 가벼운 것아

내 정녕 어둠 속에
깨끗한 한 줄 시로만

즐겁게 뛰어내리며 무너질 수 있을까

겨울 편지

소설小雪입니다 설핏한,
마음에 눈이 옵니다

무릎을 꺾듯이
급기야 폭설이 되고

나무가 쓰러집니다
산이 무너집니다

용서라는 말씀도
이처럼 한없을까요

나뉘어 간 길과 길들
처음으로 돌아와

말없이 합쳐지는 한때를
당신에게 부칩니다

매생이국

자다 문득 한 짐 눈 겨워 뜨는 밤이면

매생이 국물 속에 까무룩 잠겨 있다

너 없이 숨 쉴 수 없어 먹먹히 깆혀 있다

그리움이 넘치면 사람으로 못 살고

살도 뼈도 다 녹은 한 뭉치 매생이 되어

어둠의 바다 가운데 파도 아래 그 어디

비금도 해국 海菊

사랑의 힘이로구나, 폭풍우와 해일도

머리에서 가슴까지
찡하고
울리는

향기가 되어버리는 조그마한 꽃송이

당신이 좋아서 꺾일 듯 일어나는

아프지 않고서는 피어날 수 없는 행복이

춤추는 뒤꿈치를 하고
노랗게
살아 있구나

너럭바위

속 타는 줄 모르고 사람들은 뛰고 구르고

산거미집 무너질까, 제비꽃이 뭉개질까

무진장
무거운 몸을 끙끙
받쳐 든 돌부처님

풍장

윤기 도는 지렁이가 풀밭에 나와 있다

한참 지나 다시 봐도
가만
누워 있다

햇볕에 몸은 마르는데 산새 깍깍 우는데

땅 위에
하늘 아래
장마 끝 환한 풀잎에

비이슬 묻어 있는 바람결 귀를 묻고

제 몸을 비우고 있는 크고 검은 지렁이

아름다움의 근원

우주 먼지 알갱이가 만들어내는 별빛
못난 돌멩이들이 만들어내는 물소리

이 밤의 아름다움의 근원은

돌멩이다
먼지다

세상 등불이 꺼진 깜깜한 어둠이라도
난 그런 돌멩이
그런 먼지다 생각하면

사랑도 혼자 가는 길도

아프지 않다
외롭지 않다

봄 어느 날

꽃은 나무의 울음
겨우내 참았던 울음

목련화가 피듯이 꽃이
지듯이

그렇게 그대 몸속에
설움을 울고 싶어요

살아도, 살아봐도
가슴 아픈 날이면

밥 잘 먹고 똥 잘 누고 오줌 잘 누면
낫듯이

눈부신 세상 밖으로
나를
누고 싶어요

사라진 내가 아프다

무성하던 목숨이 톱날에 베어지고

밑둥치만 남은 곳에 새 움이 돋아날 때

왜 그리 못할 짓인가 그 생나무 보는 일이

잘려 나간 몸통이 아파오는 환상통

푸르른 그리움은 어쩌지 못하였구나

그대가 떠나간 후에 사라진 내가 아프다

건봉사* 개

불이문 옆 소나무도 늘어진 불볕 땡볕

딱 한 곳 바람 통하는 범종각 계단 아래

용케도 그 그늘 찾아 늘어지게 누웠다

사물四物 소리 가다가 휴전선에 잠잠하고

봉래산 금강의 길 덤불숲에 멈췄는데

새끼 밴 배를 보란 듯 쭈욱 뻗고 잔다

* 금강산 건봉사

가은역 들국화

바람 연풍 지나고 가을 성당 지나서
볏단 이울어가는 녹슨 철길 끝에는
마지막 이슬방울로 피어나는 연보라

화려한 콜로라투라는 비록 아닐지라도
서늘한 늦저녁에 들려오는 나의 첼로
어둠이 긴 활을 안고 너를 켜고 있으니

더 좋은 때 있으랴 우리 사랑하기에
짧은 추억 뒤에는 실고 긴 밤 오리니

더 이상 좋은 때 있으랴
우리
이별하기에

투신

유월 한낮
붉디붉은
수박 속 한가운데를

일순, 내지르는 칼끝
날카로운 경적

한 남자 건장한 몸을
내던졌다,
수직으로.

절벽에 가 부딪는
백시白視*의 새였는지

눈보라 자욱한 한강
생의
한가운데

날개를 찾아 헤매던

충혈된

구두 한 켤레.

* 극지 등에서 심한 눈보라나 안개로 일시 시력을 상실하는 현상

제18회 이영도시조문학상 수상 작품

마음이
다녀가는 길

미시령 안개

동해가 붕새 되어 골짜기를 덮친다

삽시에 첩첩 산을 자욱이 가려버리고

바다가 그 큰 날개를 펴고 허공에 흩어진다, 아아

눈물에 젖은 몸이 젖어 무거운 몸이

숲머리 설악 하늘 구름 연꽃 속으로

설움이 그 큰 날개를 타고 아득히 흩어진다, 아아

묵매 墨梅*

고양이 발자국이 점점이 다녀간 후

매화
먹 가지에
물오르는 환한 밤

우물에 별자리인 양 뜨고 있는 괭이눈꽃

가느다란 붓끝이 찍고 간 눈동자에

별빛
모아
불꽃 일 것만 같다

봄밤에 다녀가시라고
끈
풀어놓는다

※ 표암 강세황(1713~1791)의 〈묵매도〉

제9회 만해축전 유심작품상 수상 작품

서역 가는 길

드디어 어둠 오고 지상의 길 끊겼네
까마아득 하늘길로 그대에게 가리라
스러진 해와 달 넘어 바람은 불어 가리니

육신을 벗는다고 네가 그립지 않으랴
북한강 둑 풀섶에 망초꽃이 지는 날
이승의 노을에 잠시 고단한 몸 눕힌 것뿐

흙비가 내리면 흙비의 세례 받고
만년 설산 골짝에 시린 등을 비비며
언제나 떠나왔기에 돌아갈 곳 있으리

목련화

눈 둘 데 차마 없어 멀리서만 바라고

이만큼 비켜서서 옷자락 몰래 보고

짧은 날 그렇게 가고 기다림만 남습니다

삶의 고통 속으로 들이붓는 폭음보다

죽음의 고통 위에 꽂는 아편보다

내 앞에 꽃피는 그대 더 아픈 환각입니다

향기로운 눈물

석삼년 묵었다는 묵은지 한 보시기를
한 점 먹고 슬그머니 젓가락 놓고 보니

곰삭은
고추 맛 같은
가을 해가 부시다

오늘 보는 저 나무는 어제 나무 아니고
오늘 듣는 새소리는 어제 소리 아니네

사람도 단풍 드나 봐

향기로운
눈물이

무창포

무창포 해변에 횟집 푸른 수족관

조가비 눈을 뜬다 바다인 줄 알고

그대가
바다인 줄 알고
눈이 부시게 바라본다

스르르 입 벌린다 갯바위 파도 기슭

보고 싶다 철썩이는 물거품이 그리워

아득한
유리 바다에
혀를 붙인 꽃조개

그리운 것은
― 청도역에서

구름의 봉홧불이 날마다
피어오르고
바람은 옷자락을 한사코
흔들어봐도
끝끝내
그리운 것은
가고 오지 않는다

눈물 콧물 먹고 큰 맨몸의
살이 먼저
눈부신 저 햇살 속을 황홀히
다쳐 오는데
끝끝내
소멸하는 것은
와서
가지 않는다

나를 발견하는 이

제 안의 부처님을 보이시는 돌멩이

제 안의 고운 날개 펼치시는 애벌레

내 안의 나를 발견하는 이는 그러나 바로 당신

그대 내게 오셨기에 돌을 벗고 허물 벗고

하늘을 건너가는 연푸른 나비처럼

내 안에 영혼이란 것도 있는 것을 알았습니다

물소리

그대에게서 오는 물소리에 젖는다

낮잠도 노래도 물소리에 젖는다

세상이 다시 촉촉한
첫날로
설레다

단단한 두 어깨가 물 아래 흔들린다

내게서 간 물결도 그대를 적시는가

세상이 다시 촉촉한
첫날로
설레시는가

모과꽃 부활

녹슬어 삭은 못이 뽑아지지 않았다
부러지고 구부러지고 시멘트 살점 부서지고
어머니 가슴의 못처럼 퍼런 울음이 굳었다

낡은 집 지탱해온 건 이 못들이었을까
아파도 살아온 역사 살 속에 보듬어 안은
벽들도 흐느끼는 것을 그 밤 처음 알았다

이따금 어머니가 뒤척이실 때마다
덜 마른 풀 냄새의 모과꽃은 유난히 피어
무명필 펼쳐놓은 새벽 부활로 받아 든다

함박꽃나무 아래로

함박꽃나무 아래로 섶다리가 보이고

다리 아래 계곡엔 맑은 물이 흐르고

물 아래 흰 돌바닥엔 네 얼굴과 내 얼굴

자갈돌 하나 주워 살며시 던져보면

물꽃 따라 달아나는 붉은 구름 저녁 해

해 지면 하얀 어둠이 함박꽃나무 아래로

말없음표를 위하여

마음이 다녀가는 길엔 말도 글자도 없다

수다로도 침묵으로도 다 할 수 없는 그곳을

물에 뜬 징검다리 디디듯
저어하며
가시라

명창

죄는 다 내가 지마 너는 맘껏 날아라

진초록에 끼얹는
뻐꾸기
먹빛
소리

외딴집 낡은 들마루

무너져 앉은
늙은 아비

역광을 찍다

기러기 떼 눈동자 한곳으로 쏠리는

도끼라도 내리쳤나, 눈부신 겨울 하늘이

장작이 두 쪽이 나듯 빠개져서 솟는다

한 발의 셔터 소리 튀는 해의 파편으로

허공 속에 박히는 희디흰 날개 뼈들

후드득 푸른 핏방울 몇, 손등으로 지다

선물

콩 심었다 하여도 콩 나지 않는 밭

부치게 안 가꾸면 싹이 트지 않는다

아둔한 나에게 주신

하느님의
선물이다

꽃무릇* 보러 갔더니

선운사 꽃무릇이 만개했단 소식에
떠나간 옛사랑을 뵈오는 듯 갔더니
야위어 뼈만 남아서 노을 이고 섰습디다

칼금 진 붉은 상처 갈래갈래 터진 것을
가만 덮어두라고 아직은 때 아니라고
발끝에 낙엽 같은 것 자꾸 내려 쌓입디다

가뭄 끝에 단풍도 애가 마른 그 길을
석쇠에 까맣게 탄 가을 전어를 놓고
동동주 한잔 마시고 내려오며 눈물 납디다

* 잎이 지고 난 후 주홍빛 갈래 진 꽃이 피어 잎과 꽃이 서로 만나지 못
  하는 상사화

바람이 울고 있다

겨울 오는 갈대숲에 바람이 울고 있다
고꾸라지며
뒹굴며
몸서리치는 저것은

서 있는 갈대가 아닌
그를 흔드는 바람이다

빈 벌판을 삼천 배 눕혔다 일으켰다
빛인지
그림자인지
흰 등을 내주고 있는

저것은 갈대가 아닌

아득한 시간이다

내가 먼저 사랑하지 않으면

아무것도 그 누구도

마음을 열지 않습니다.

길이 끝난 곳에서 길은 시작됩니다.

그리고 그 길을 만드는 이는

다시 사람입니다.

보름달빛처럼 크고 맑고 부드러운 손으로 적막한 어둠에 싸인 산을, 강을, 마을을 고요히 어루만지고 싶습니다.

여름의 울창한 숲과 안으로 흐르는 깊은 강의 물결 소리와 어둠 속에서도 멈추지 않는 생명의 뜨거운 숨소리를 어루만지고 싶습니다.

모든 생명을 겨누고 있는 칼의 광기, 그 광기의 내면에 서린 유리 조각 같은 외로움을, 외로움에 지친 눈동자를 어루만지고 싶습니다.

따스한 대지의 넉넉한 손이 되어 봄을 믿고 겨울을 견디고 있
는 풀잎의 얇은 등을, 한 알의 씨앗이 품고 있는 의미를, 초봄
의 가랑비 되어 겨우내 얼어붙어 있던 마른 가지를, 포근히
어루만져 주고 싶습니다.
세상의 어둠을 할퀴며 목이 붓도록 울고 있는 매미의 짧은 생
애를, 하루 일을 끝내고 돌아온 농부의 거친 손을, 밥상에 놓
인 모든 음식을, 경건한 슬픔의 마음으로 어루만지고 싶습니다.

엄마가 아기를 어루만지듯이 아기의 웃음이 엄마를 어루만지
듯이 병석에 누워 계시던 희망을 버리지 못한 늙은 아버지의
얼굴을 돌아가 어루만져 드리고 더 늦기 전에 어머니의 나무
껍질같이 굳은 손을 어루만져 드리고 싶습니다.
삶의 고단함, 허무한 시간의 이마 위를 눈물의 손으로 어루만
지고 싶습니다.
초로와도 같은 삶, 그 풀잎에 내린 이슬방울이 다 말라버리기
전에.

아슴푸레한 곳에는 신비로운 빛에 싸인 신기루, 그 너머 아득한 곳에는 흰 눈을 이고 서 있는 만년 설산을 두고 사막을 건넜습니다. 밤 침대열차에 누워 있으면 머리맡으로 사막의 달이 혼자 밤새도록 따라옵니다.

그 광막한 타클라마칸 사막, 모래바람 속을 헤매며 미라를 보았습니다. 둔황의 굴에는 삼세의 부처님보다 먼저 그 부처를 갈대 줄기와 사금파리로 새기고 흙과 풀잎과 광물을 빻아 물감을 칠했던 그 먼 옛날의 사람들이 있었습니다. 시스티나 성

당에서 하느님보다 그 천지창조의 천장화를 온몸을 눕히고 구부려가며 온 힘을 모아 그린 늙은 미켈란젤로, 그이가 평생토록 행했던 예술에의 전력투구가 눈물겹도록 먼저 와 닿았듯이 말입니다. 깨달음을 얻은 영원의 초인보다는 깨달음을 얻기 위해 온몸으로 산 순간의 일생이 더욱 아름다움을 보았습니다.

길이 끝난 곳에서 길은 시작됩니다. 그리고 그 길을 만드는 이는 다시 사람입니다.
서쪽 끝 로마의 귀족들에게 실크 드레스를 입히고 동쪽 끝 신라에 처용아비를 살게 했던 그 옛날 실크로드의 영화는 모든 흥망성쇠를 겪고 폐허가 되어 누워 있습니다. 권세의 상징이었던 어느 족장의 무덤의 표지만이 한 작은 박물관 유리 안에 삭아 부러진 돛대처럼 꽂혀 있습니다만 지리산 고사목 줄기 같은 그 돛대는 폐허의 이 사막을 어느 곳으로도 끌고 가지 못합니다. 길을 만드는 것은 사람의 출세와 명예와 재물을 향한 열정이 아니라 영원을 궁구하는 열정이었습니다. 사람들을 다시 그 사막으로 불러들이고 있던 것은 어두운 토굴 속에서 손가락이 짓무르게 부처님을 새겼던 영혼으로 살아가던 사람들이었습니다.

인공의 밀림에 갇혀 사는 타잔인 그대, 문명의 레미콘 속 토끼풀 여린 한 잎의 삶을 살고 있는 그대와 타클라마칸 사막 복판에서 소라고둥을 귀에 대고 듣는 먼 바닷소리, 함께 듣고 싶습니다. 갈대밭에 바람은 불고 있지만, 우주도 필경은 생멸을 거듭하지만, 그러하기에 더욱 지금 여기 숨 쉬고 있는 나는 너에게 너는 나에게 작은 위로가 되고 싶습니다.

겨울 저녁은 금세 와버립니다. 땅거미가 뿌리는 거미줄 같은 저녁 안개가 삽시에 몰려옵니다. 가만히 창밖을 보고 있으면 사방에서 몰려오는 어둠이 보입니다.

어둠이 유리창으로 스며듭니다. 오늘이 가기 전에 전해야 할 마지막 순결한 말씀이 있어 눈이 흩날립니다. 눈발이 희끗희끗 날리기 시작하는 유리창이 차갑습니다. 이제 겨우 방 안을 구별할 수 있을 정도의 빛만이 벽이고 가구에 붙어 어슴푸레

빛납니다. 색깔의 출발은 무색이고 존재의 출발은 존재 없음, 비존재이며 소리의 출발은 침묵이라고 했던가요. 그리하여 모든 색깔은 무색으로 돌아가고 존재는 비존재로 소리는 침묵으로 돌아갑니다.

무엇을 보여주고 싶은 것일까요. 금방 태어난 것처럼 어리고 깨끗한 눈이 가늠할 수 없는 높이에서 허공을, 아니 공허를 즐겁게 뛰어내리는 저녁입니다.

아아, 이 눈의 기벼움을 견딜 수 없음이여.

가라앉은 침묵 속에서부터 문득 소름이 돋는 얇은 살갗 속으로 눈은 오고 그 조그만 돌기들 속으로 먼 벌레 울음소리 같은 눈이 스미어 쌓입니다.

이 저녁 나는 오는 눈보다 너무 무겁고 잃어버린 것들이 너무 그립고 그 그리운 마음을 깎는 일이 너무 힘이 듭니다. 초승달은 만월의 그림자를 가지고 있습니다. 어둠에 가려진 만월의 검은 외투 자락처럼 욕망과 분노는 언제나 덮칠 듯 펄럭입니다. 삶의 결핍을 어떻게 사랑해야 할까요. 이것만은 확실합니다. 내가 먼저 사랑하지 않으면 아무것도 그 누구도 마음을 열지 않을 거라는 것 말입니다.

그윽하고 아름다운 시

죄는 다 내가 지마 너는 맘껏 날아라

진초록에 끼얹는
뻐꾸기
먹빛
소리

외딴집 낡은 들마루

무너져 앉은
늙은 아비

—「명창」 전문

짧은 시의 행간을 통해 유추해볼 수 있는 시의 바탕은 무엇이
던가. 우리가 흔히 말하는 한국적인 한恨에 다름 아닌 이 눈물
겹도록 가슴을 아리게 하는 풍광에 "진초록에 끼얹는 / 뻐꾸
기 / 먹빛 / 소리"로 귓전을 쟁쟁하게 울려준 것은 아니던가.
그렇다고 한다면, "외딴집 낡은 들마루"와 거기 "무너져 앉은
/ 늙은 아비"는 이 시의 내용을 압도하고도 남을 무대장치임
에 틀림이 없다. 이 절묘한 장면을, 마치 징검다리를 건너뛰
듯 행과 행 사이에 긴 서술을 숨겨두고 단시로서 갈무리한 그
의 시적 역량에 다시 주목하지 않을 수가 없다.

– 박시교 시인

만 리 밖에 바람 보내고
서러운 건 보내고

내 뜨락
빈 가지에
금지환을 끼우며

녹슨 문
열어달라고
들어가고 싶다고

–「새벽달」 전문

그대 부르기 전에
면도날에 베인다

이스트를 몰래 넣고
인생을 부풀려도

마음은 불완전연소
슬픔에
그을어 있다

-「행복」전문

「새벽달」 2장이 보여주는 이미지의 아름다움도 아름다움이려
니와 "녹슨 문 / 열어달라고 / 들어가고 싶다고"라는 「새벽달」
의 3장은 생략과 압축이 주는 아름다움을 실감하게 해준다.
창가에 어린 약하디약한 새벽달빛과 그 새벽달빛이 속삭이는
속삭임을 자신의 내면세계로 끌어들이고 그 달빛에 내면의
녹슨 문을 비추어 보는 이 시의 이미지는 말을 아낌으로써 얼
마나 아름다워질 수 있는지를 잘 보여주고 있다.
「행복」의 경우도 마찬가지이다. "그대 부르기 전에 / 면도날에
베인다"는 1장의 두 구는 사랑의 양면성을 압축적으로 잘 보
여준다. 황홀하면서도 슬픔과 아픔이 가득한 그 양면성, 산문
으로 쓰자면 한 권의 책으로도 모자랄 그 모순의 행복을 3장
의 제한된 정형시 속에 넣을 수 있다는 것은 바로 이 시인의
시작 능력이자 시조가 지닌 아름다움이라 할 것이다.

- 박상천 시인 · 문학평론가 · 한양대 교수

참았던 신음처럼 사립문이 닫히고

찬
이마 위에
치자꽃이 지는 밤

저만치, 그리고 귓가에

초침 소리
빗소리

-「그리움」 전문

어때요. 짧은 자유시 한 편으로 보이는 이 시조 한 수, 참 맑고 그윽하고 아름답지요. 잘 응축돼 있으면서도 이어지기도 하고 툭툭 부러지기도 하는 운율, 맑은 음상에 살짝 씌워진 의미 그대로 정갈한 그리움 되지요. 귓가에 다가오는가 했더니 이내 저만치 멀어져 가는 발자국, '찬' 한 자 한 행으로 그리움의 순도 드러내고 쉼표(,)로 단숨에 확산된 그리움의 시공 이쪽저쪽 잇고 있지 않습니까. 조선의 깊은 한과 울림을 그에 딱 맞는 형태와 운율로 우리의 심금을 울리고 간 모던한 형태시의 달인 박용래 시인의 세련된 시 한 편과 으뜸버금가게 읽히지 않습니까.

– 이경철 시인 · 문학평론가

고양이 발자국이 점점이 다녀간 후

매화
먹 가지에
물오르는 환한 밤

우물에 별자리인 양 뜨고 있는 괭이눈꽃

가느다란 붓끝이 찍고 간 눈동자에

별빛
모아
불꽃 일 것만 같다

봄밤에 다녀가시라고
끈
풀어놓는다

–「묵매」 전문

김홍도의 스승이자 조선 시대 문인화를 대표하는 강세황의
〈묵매도〉를 소재로 한 이 시는 그 그림보다 더 선명한 이미지
에 시인의 정을 포개놓고 있다.

두 수로 이뤄진 이 시의 앞 수에서는 정보다 경이 승勝한 듯 보인다. 〈묵매도〉 속의 매화나무 가지와 꽃을 차용해 봄밤을 단아하게 그리고 있다. 특히 중장 "매화 / 먹 가지에 / 물오르는 환한 밤"에서는 수묵화 화선지에 먹의 농담濃淡 번지듯 그림 속의 매화에 지금 이곳의 봄밤을 배어나게 하며 시인의 춘정春情도 슬며시 얹고 있다.

뒤 수는 묵매도 혹은 봄밤을 적극적으로 읽는 시인의 정이 우세한 듯하다. 특히 종장에서는 "봄밤에 다녀가시라고 / 끈 / 풀어놓는다"며 독자에게 다가가는 그 춘정, 그리움의 끈까지 풀어놓고 있다.

그러나 시에서 정과 경을 구분하는 것이 무슨 소용 있겠는가. 풍경과 대상을 바라보는 시인의 사려 깊은 눈이 잡아낸 좋은 시에는 이미 경 속에 정이, 정 속에 경이 포개져 있는 것임을. 그래 '정경교융情景交融' '물아양망物我兩忘'의 지경이 동양시학의 요체인 바라봄의 시학, 즉 정경론情景論의 궁극 아니던가.

「묵매」는 이렇듯 정과 경이 농담처럼 서로 조응하며 독자들의 가슴속에 강세황의 〈묵매도〉 같은 기품 있는 춘정을 스며들게 하고 있다. "물오르는" 매화 먹 가지, "뜨고 있는" 고양이 눈 같은 매화꽃, "붓끝이 찍고 간" 눈동자, "봄밤에 다녀가시라고" 등 현재진행형의 역동적 표현으로 그림 속에 갇히지 않고 나와서 오늘의 봄밤과 춘정을 그리고 있다. 이미지가 우세한 시이면서도 한 자, 한 단어를 별행 처리하며 툭툭 부러지며 이어지는 시인 특유의 운율도 살리고 있다.

– 이경철 시인 · 문학평론가

녹음이 하늘 덮어 그윽한 그늘 아래

넘치게 뜨거운 찻물 자꾸 부어주시네

씻어낼 속진의 더께가 그리 많은가요, 스님?

–「절집 차」 전문

차는 일, 그것은 분위기에 따라서 맛과 향기가 많이 달라질 수 있지 않을까. 시인은 지금 절집의 나무 그늘에 앉아서 스님과 함께 차를 마시고 있다. 그 자리는 푸른 나무들이 둘러서 있고 그늘이 내렸는데, 그 그늘도 그냥 그윽하다. 생각해 보면 그 정경이 눈앞에 아름답게 펼쳐진다. 그런 것을 굳이 풍경으로 친다면 그야말로 선경이 아닐까 싶다.

그런데 스님은 시인의 찻잔에 자꾸 차를 따르신다. 스님은 그냥 잔이 비니까 차를 채워주었을 뿐일 것이다. 그런데 시인은 아니다. 아마도 내게 씻어내야 할 속진의 때가 많이 끼어 있어 그것을 씻어내라고 부어주는가 보다고 생각한다. 그럴 턱은 없다.
그러나 그렇게 생각하는 시인의 생각이 얼마나 아름다운가.
시인 스스로 스님과 함께 차를 마시며 얻은 생각이다. 그렇
다면 시인은 스님과 함께 차를 마신 것이 아니라 스님의 설법
을 들은 것 아닌가. 그렇다. 이렇게 자기에게 주어지는 순간
과 시간을 자기 내부로 끌어들여 자기 삶을 돌아보고 있는 것
이다. 시인의 태도가 이쯤이면 그에게 어찌 속진의 때가 많이
묻었다 할 수 있으랴. 그에게 승복 한 벌 지어주어도 아깝지
않겠다.
그런 생각도 하지 못하고 스님이 주는 차만 부지런히 마시고
왔다면 그 차의 의미는 음료수에 지나지 않을 것이다. 차를
아는 사람이라면 차와 명상 그리고 깨달음이라는 명제들이
그 작은 찻잔 속에서 들끓고 있음을 알아차릴 것이다. 시인은
스님이 주는 차를 마신 게 아니라 마음에 담은 것이 분명하다.

- 문무학 시인

윤기 도는 지렁이가 풀밭에 나와 있다

한참 지나 다시 봐도
가만

누워 있다

햇볕에 몸은 마르는데 산새 깍깍 우는데

땅 위에
하늘 아래
장마 끝 환한 풀잎에

비이슬 묻어 있는 바람결 귀를 묻고

제 몸을 비우고 있는 크고 검은 지렁이
-「풍장」 전문

'이건 또 뭐지' 하는 생각이 드는 작품인데 가만히 들여다보고 있으면 커다란 부처님 탱화에 진신사리까지 박혀 있음을 알게 된다. 단지불회但知不會의 깨달음을 지렁이가 인간에게 말하고 있나. 세상 어디에 이렇게 엄청난 지렁이가 있을 수 있을까? 시인은 지렁이의 안위가 걱정되어 "햇볕에 몸은 마르는데 산새 깍깍 우는데" 하며 발을 동동 구르고 있지만 지렁이 보살님은 태연히 결가부좌하신 채 미동도 없으시다. 지렁이는 몸에 물기가 마르면 죽을 수밖에 없고 또한 산새들이 제일 좋아하는 먹이가 지렁이 아닌가 말이다. 스스로 자신을 바람에 장사 지내는 지렁이의 모습을 발견한 시인의 눈이 해맑고 인자하다.

- 정용국 시인

친구 생각

초판 1쇄   2013년 9월 13일
지은이   김일연
펴낸이   김영재
펴낸곳   책만드는집

주소   서울 마포구 합정동 428-49번지 4층(121-887)
전화   3142-1585·6
팩시밀리   336-8908
전자우편   chaekjip@naver.com
등록   1994년 1월 13일 제10-927호
ⓒ 김일연, 2013

* 이 책의 전부 또는 일부 내용을 재사용하려면 사전에 저작권자와
  책만드는집의 동의를 받아야 합니다.
* 잘못 만들어진 책은 구입하신 서점에서 교환해드립니다.

ISBN 978-89-7944-446-9 (03810)

이 도서의 국립중앙도서관 출판시도서목록(CIP)은 e-CIP
홈페이지(http://www.nl.go.kr/cip.php)에서 이용하실 수 있습니다.
(CIP제어번호:CIP2013013217)